AF501338

DU SANG!

POURQUOI DU SANG?

PAR

AUGUSTE BARBET.

Prix : 20 Cent.

PARIS,

GARNIER FRÈRES, LIBRAIRES,

213, Palais-National (ci-devant Palais-Royal), 10, et rue Richelieu.

1848.

DU SANG!

POURQUOI DU SANG?

PAR

AUGUSTE BARBET.

PARIS

IMPRIMERIE DE E. BRIÈRE,

RUE SAINTE-ANNE, 55.

1848.

DU SANG!

POURQUOI DU SANG?

Satan, je te surprends ! Chaque nuit, franchissant les murs de Paris, sous tes ailes tu introduis des armes ! — Cependant, déjà, soldats, garde civique et peuple t'ont donné de leur sang ! — Pourquoi du sang ? — Les lèvres du maudit restent altérées et pantelantes sur les bords de la coupe du crime.

Voyez ces vapeurs s'élever à l'horizon ! — Teintées par la colère des hommes, elles se déploient en longues écharpes rougeâtres, qui, comme un linceul, semblent envelopper le genre humain; le soleil, demain, les retrouvera à son réveil pour les pénétrer de ses rayons, et les dissoudre au bruit de la tempête qui les dispersera sur la terre en larges gouttelettes sanglantes.

Du sang! il y a dix-huit cents ans qu'il baignait le Calvaire; alors on brisait les chaînes de l'esclave, mais, malheureusement, en le séparant de la terre, son porte-pain! — Aujourd'hui, si les Lamennais, si les sages ne veillent; si le crédit n'est pas organisé en système unitaire, par des banques liées entre elles et placées dans chaque grand centre de population, le droit au travail restera classé au nombre des utopies (1). La misère grandira; elle sera

(1) Voir notre brochure: *De la Constitution sociale du crédit.*

Nous assistons, avec peine, à l'entraînement de l'Assemblée nationale, lorsqu'il s'agit de voter des fonds pour la commandite de quelques associations. —Nous le voyons avec peine, par la raison que, sans une organisation générale du crédit, on se prive, non-seulement d'une circulation constante, qui seule livre l'argent métallique à l'établissement de crédit destiné à en renouveler sans cesse le prêt; mais encore du contrôle public qui éclaire sur l'intelligence du concours et sauvegarde le capital. Voterait-on des

dévorante, et des plaies s'ouvriront sur le corps des hommes d'où le sang jaillira jusqu'à ce que « le Royaume de Dieu soit ôté aux cœurs sans pitié, et donné à un peuple qui en produira les fruits (1). »

Ceci, croyez-nous, n'est pas le rêve d'une imagination malade, et, comme nous, vous avez ces pressentimens. Lorsque vous sommeillez, si, toutefois, vous pouvez sommeiller au milieu de cette atmosphère de laquelle s'exhale la putréfaction que poursuit le ver, n'êtes-vous pas tourmentés de terribles vertiges? — N'entendez-vous pas comme des détonations électriques; puis des cris, des râlemens; puis un sinistre brisement comme celui de poitrines foulées sous le pied du cheval de bataille? — N'arrive-t-il pas jusqu'à vous un cliquetis d'armes, et le frôlement lugubre de la marche de nombreux bataillons? — Ne distinguez-vous pas des ombres allant, venant et articulant des paroles inintelligibles semblables à celles que gloussent des

milliards comme on le fait aujourd'hui, qu'ils seraient dévorés sans qu'il en résultât rien d'heureux pour les travailleurs.

(1) Evangile selon St. Mathieu, Chap. XXI.

insensés ; puis, tout à coup, d'horribles craquemens suivis d'un sifflement aigu, comme si Paris, ce centre de la science et des arts, descendait dans ses catacombes ? — Alors on entend les enfans pousser dans leur berceau de lugubres vagissemens, les mères se réveillent, qui de leur doux lait cherchent à les distraire ; mais, pour beaucoup, la source s'en est tarie, car le père, ce gagne-pain du foyer domestique, n'était plus là. — A cet anéantissement de Paris, les ennemis de la République de rire, d'applaudir même, espérant que Lyon, et toute cité qui porte en son sein la lumière, aura sombré, en même temps, sous les coups de l'intrigue et de l'erreur (1). — Ce serait, pour quelques années, assurer le règne des rois, qui pourraient s'écrier, les pieds sur des monceaux de ruines : Peuple mouton, marche, marche donc, et travaille pour nous !

(1) Toute capitale, sous le rapport de l'instruction et des connaissances de toute espèce, est de soixante ans en avance sur la province. — Paris est aux départemens convergeant vers lui, ce qu'est, au collége, la rhétorique à l'égard de la huitième classe ; ainsi se trouve motivé l'ascendant, bien logique, d'une capitale sur tout ce qui lui sert de rayon et de circonférence.

Mais arrêtez, téméraires ! le droit a définitivement pénétré dans les veines de l'homme, et il n'y sommeillera plus ! — Dieu ne donne plus des années pour se repentir ; les hommes qui font résistance au progrès, comme ceux qui rêvent la spoliation, il les frappe également d'anathème ; car ceux qui veulent trop reprendre sont aussi coupables que ceux qui veulent trop retenir (1). Le progrès qu'il impose aujourd'hui à l'humanité, c'est le crédit comme droit d'appropriation aux voies et moyens de la vie ; le crédit, la seule base du travail, de la liberté et de la famille. — Qu'on se presse, car « les peuples s'apprêtent et attendent le signal du plus grand combat qui jamais se livra sur la terre entre le bien et le mal, où des bruits de guerre grondent sourdement à tous les points de l'horizon, où chacun sent que bientôt se choqueront les deux armées qui décideront du sort futur du genre humain, de sa liberté ou de son esclavage,

(1) Si le droit absolu est la négation du devoir, de son côté, le devoir sans limite est la négation du droit. Dans l'un et l'autre de ces deux extrêmes, on compromet également la vie et la liberté de l'individu.

l'armée de Dieu et l'armée de Satan! (1). » Après ces terribles combats, les endurcis aussi bien que les fous auront disparu des deux camps, et alors les femmes, l'encensoir à la main, précéderont l'armée de délivrance ; car ce sera le temps de leur plus grande gloire au foyer domestique.

Partout, en France, en Europe, les partis monarchiques se disputent des cadavres. Les rois ont épuisé les forces physiques de l'homme, vicié son sens moral; dévoré le capital, chargé la terre de redevances et d'impôts; vu les populations se multiplier sans assurer la multiplication des fruits ; ils ont amené la banqueroute de l'État et provoqué leur déchéance, et puis, maintenant, de la terre étrangère, ils organisent la guerre civile, déclarant, les prudens, ne vouloir hériter de la République que sous bénéfice d'inventaire (2). — Ces gens de la luxure, de la force et du bon plaisir, les

(1) Evangile selon St. Mathieu ; Chap. VIII, note explicative de Lamennais.

(2) Lettres des prétendans bourboniens à leurs agens : « Ne reprendre leur couronne qu'après l'hiver, Bonaparte usé, et la banqueroute déclarée. »

dévorans en un mot, accusent les dévorés d'avoir fait tout le mal ; ils auraient dû, disent-ils, « plus travailler et moins consommer ; c'est un préservatif contre l'obésité, et si l'amaigrissement de l'individu est favorable à l'accroissement numérique de l'espèce, la nouvelle science économique, celle qui, sous Louis-Philippe, marchait de pair en Angleterre et en France avec le libre-échange (1), indique le régulateur (2). »

Le devoir, envers tout ce qui vit de nous, n'oblige pas à un aussi grand sacrifice, négation de l'amour, de la famille et du respect de l'homme envers son Créateur. D'ailleurs, en France, tout ce dont l'homme vit permet un développement trois fois plus grand dans le nombre des individus que celui qui s'agite aujourd'hui sur notre sol (3). — Dieu veut que l'homme couvre

(1) Le libre-échange ne pourra être proclamé, nous l'avons dit ailleurs, qu'après avoir résolu toutes les questions de l'économie politique, entr'autres, celles du crédit et de l'impôt.

(2) Un ouvrage fut publié en Angleterre, il y a quelque temps, dans lequel on fait l'apologie de l'infanticide.

(3) Nous parlons de la France bien administrée ! Voir notre brochure portant pour titre : *Au Peuple*.

la terre; il veut qu'il soumette à son joug, à sa culture les animaux, les végétaux et les fruits sauvages; la mission de l'homme étant de les lui présenter dans leur plus grande perfection et de les rendre propres à la jouissance des faibles; au vieillard, à la femme et à l'adolescent, dont, par devoir et amour, il est le pourvoyeur. —Dieu nous a créés pour des victoires incessantes sur l'âpre nature, c'est-à-dire sur la création primitive,—à cette fin il nous a donné force, intelligence et courage, — et non pour être accapareurs de richesses ou tueurs d'hommes.—Cependant l'armée de Satan s'agite, le maudit tient la famine au milieu de l'armée de Dieu, et si le sage ne veille, les hommes ont encore le bras levé pour se combattre. De ce nouveau combat, nous le répétons, il jaillira assez de sang pour délayer le mortier qui lie les pierres entre elles; et l'ouvrage des hommes, tout ce qui fait l'objet de leur convoitise, disparaîtra de la terre; car de la cité désolée l'esprit de destruction se continuera dans la plaine. On verra les métairies s'écrouler comme la cité, qui en est la clef de voûte; et si on ensemence la terre, le sang coagulé scellera la plante au sol et empêchera l'épi de s'élever pour se dorer au soleil. — La famine, cette lèpre des peuples, viendra prêter aide au glaive, menaçant de détruire le genre humain, et c'est alors que l'avalanche de sang, après avoir englouti l'armée de Satan, poussera l'armée de Dieu vers la montagne, au pied de la croix, symbole de salut. — A la perte des richesses, ce leurre insaisissable que l'agonisant cherche encore à retenir, succédera l'esprit d'égalité, de liberté et de fraternité. En ce temps-là, l'homme s'associera pour réparer les métairies, siége de l'agriculture ; et les cités, siége de la science, des arts et de l'industrie, pour ensuite échanger entre eux, l'homme de la métairie ce que produit la métairie, l'homme de la cité ce que produira la cité ; mettant en commun, par le mécanisme de nos banques, cette part du profit que l'économiste appelle superflu ; part qui n'est autre que la prime prélevée sur le prêt, et que les hommes en s'associant, ont destinée à faire face à la généralité des charges publiques. — En ce temps-là encore, on aura reconnu : Que l'industrie de luxe doit être limitée aux chefs-d'œuvre de l'art, si utiles à la poésie de l'âme ; poésie qu'il ne faut jamais négliger afin de rester bon et grand de cœur. Ce sont les arts, par la perfection des types, qui nous rapprochent de plus en plus de Dieu, perfection en toutes choses. — La production de luxe prive les fruits utiles des meilleurs travailleurs, et pour les nourrir, pour leur permettre de se développer, de soutenir leur famille, il faut que le riche, le propriétaire du sol lui consacre l'argent destiné, dans un intérêt public, à planter ou à amender la terre dont il dispose. En un mot, il faut, dans la société actuelle, une aristocratie fainéante, pour faire vivre le travailleur de luxe, et des travailleurs de luxe pour dorer l'aristocratie. Ces deux fonctions, fainéant et travailleur de luxe, au point de vue de l'utilité publique et de la richesse réelle sont négation d'un côté, et de l'autre, une charge positive pour la société : les fainéans et les travailleurs de luxe consomment en pure perte les fruits de la communauté. (1) Par le luxe, on n'ar-

(1) Voir notre ouvrage, *Du Peuple depuis Moïse.* Chap. VII page 203, 2e vol.

rive à rien d'utile, comme question sociale ; et ceci bien compris, nous engageons l'Assemblée nationale à économiser les glaces et les bougies de son président. — A moins qu'elle ne tienne à ce que les citoyennes étudient, avec les vieilles friperies de la veille, leur rôle de marquise. — Qui sait ? — cela leur irait si bien !

Oui ! le temps n'est pas éloigné où l'humanité tout entière, délivrée du doute et de la misère, marchera, fière de sa conquête, sous les deux principes qui dominent en l'homme : Dieu, de qui l'esprit de vérité et la science procèdent ; la matière, de qui procèdent le crédit et le travail. Il faut, pour que l'homme se développe et marche librement dans la vie, qu'il ait la foi que donne l'esprit de recherche et d'analyse, puis la confiance que donne l'esprit d'égalité, de liberté et de fraternité, confiance dont la base serait le crédit unitaire et commun ; car le crédit concède et donne seul le droit au travail. — Que signifient les droits politiques, lorsqu'on n'a pas celui de vivre ? — La concession du droit au travail, implique le droit de vivre ; ce droit est donc politique et d'ordre naturel.

Dans la nature, tout ce qui constitue la vie, le mouvement, obéit à une loi de transmission constante, et tout ce qui est, soumis à un système général, unitaire, qui embrasse toutes les parties, toutes les molécules des corps inorganiques, organiques ou finis. — Qu'on examine ces immenses globes qui marchent ou tourbillonnent dans l'espace, aspirant notre ascension (1) ; il n'en est pas un destiné à l'isolement ; ils appartiennent cependant à des familles distinctes ; de même, de tout ce qui s'agite sur la terre par la volonté directe de Dieu ; et l'homme ne devient puissant, il ne se rapproche de la perfection infinie de son Créateur, qu'en imitant, dans l'organisme social, ses lois des mondes humanitaires. — Voyez le corps humain ! et pour ne parler que du système sanguin, pourrait-on isoler les artères, supprimer les canaux qui les lient entr'elles, sans arrêter à l'instant même la vie ? Il en est ainsi de l'action du prêt, c'est-à-

(1) Voir notre ouvrage, *Du Peuple depuis Moïse*, 1er vol, pages 17, 18, etc. On doit considérer ce livre comme une réunion de pensées et de notes destinées à servir de matériaux à l'ouvrage que nous avons l'intention de publier.

dire du crédit, question complexe du travail. — Pour que ce crédit soit constant, stable, éternel, il faut que l'argent et le papier-monnaie, *son agent comme signe d'attente ou de promesse*, circulent l'un et l'autre par un système non interrompu d'artères, que nous appelons banques municipo-gouvernementales (1); ces banques devraient être liées entr'elles pour que les deux signes puissent, avec la rapidité de l'éclair, se remplacer au besoin (2). Le crédit, ainsi orga-

(1) Voir notre ouvrage *du Peuple depuis Moïse*, 2e vol., chap. des banques.

(2) On peut voir dans notre ouvrage portant pour titre : *Réforme sociale*, ce que nous pensions alors sur l'avenir des Banques de France et Laffitte; c'était toute la critique des établissemens Ganneron, Baudon, etc. Comment aussi songer à instituer des bons hypothécaires avant l'organisation du crédit? Voir, à ce sujet, notre *Constitution du Crédit social*, articles 36, etc. — Les statistiques de M. Thiers sont absurdes (séance du 10 octobre 1848); ses statistiques étant erronées et ses argumens financiers contraires aux règles les plus simples de la circulation de la richesse, il en est résulté une diffusion dans les motifs qui devaient militer en faveur du rejet de la proposition Proudhon. En effet, si l'impôt reçoit le bon hypothécaire au pair (quinze cents millions), il est certain que le billet hypothécaire ne s'affecterait nullement dans sa valeur, et il n'y aurait pas perte pour l'Etat, puisque ses paiemens s'ef-

nisé, l'homme sera véritablement libre! On n'est pas libre, dans le sens moral, toutes les fois que, par la faim, on est l'esclave de la matière, car, forcément, l'esclave de la matière est l'esclave du riche et des mauvais penchans. Pour parvenir à la foi, il faut que l'homme élève un infranchissable mur d'airain entre le passé et l'avenir. Le froid paralyse mes membres, parce que mes vêtements sont usés, et M. de Montalembert de me dire « de les conserver avec soin dans le *statu quo.* » Mes vêtemens sont usés, et la bourgeoisie de me dire « de mettre une pièce à mon manteau. » Oubliant l'un et l'autre l'instruction du Fils de notre souverain Maître : « Personne ne met une pièce d'étoffe neuve à un vieux vêtement, car elle emporte tout ce qu'elle couvre, et la déchirure est plus grande. Et l'on ne met point de vin nouveau dans de vieilles outres, autrement les outres se rompent, et le vin se répand, et les outres sont perdues; mais on met le vin nouveau dans des outres neuves, et tous deux se

fectueraient sur le même pied. Ce qu'il y avait à dire contre ces valeurs, on ne l'a pas dit : c'est qu'elles n'auraient point de banquier pour les escompter, et,

conservent. » La parole divine est d'accord avec la logique et l'expérience humaine ; le progrès des facultés de l'esprit repousse naturellement tout ou à peu près tout ce que cet esprit a pu produire dans les ténèbres. Aujourd'hui, il faut plus d'étendue au droit, par la raison que, dans la mesure du développement de l'homme, il faut plus d'espace à son aptitude spirituelle et plus de satisfaction à ses besoins matériels. Si ce droit ne progressait pas, comment songer à fonder et à développer la famille?

Que feraient les rois au milieu de cette profonde transformation? — Ils disent à leurs adeptes : «Nous reviendrons, mais après l'hiver ; car nous sommes impuissants contre le froid et la faim ! Nous reviendrons, mais après la banqueroute! » — Et que viendraient-ils faire après la banqueroute? — Les castes tiennent à la monarchie, à la condition qu'elle maintiendra les abus, qu'elle les laissera vivre des abus. » Est-ce possible ? — Lorsque le moissonneur veille à son blé, il n'y a plus rien à dévorer pour l'in-

qu'avant tout, c'était un système de banque qu'il fallait élever.

secte ; aussi, lorsque l'ouvrier profitera de son travail, il n'y aura plus de place ni pour les rois, ni pour les gens qui vivent au moyen des abus.

M. de Villèle, le grand financier des castes, fût-il aux affaires, serait impuissant à leur livrer une nouvelle curée (1); la position de nos finances, la décadence de notre capital dans ses proportions normales avec la population, ne sont-elles pas la conséquence de son *Eldorado* gascon? — Il est temps que la lumière pénètre sous le boisseau; il en sortira, nous l'espérons du moins, plus d'une conviction en faveur de l'exactitude de nos observations. La forme du pamphlet nous force à grouper les faits.

M. de Villèle devait faire face à un milliard cinq cents millions que la haute aristocratie avait promis à l'étranger, comme rémunération de son assistance dans l'installation de Louis XVIII aux Tuileries ; et, aussi, à un milliard réclamé par les émigrés. La France, nous en convenons,

(1) Dans le temps, nous avons combattu le système de ce ministre; particulièrement lorsqu'il organisait le syndicat des Receveurs-Généraux. Nous l'attaquâmes dans un article publié dans le *Courrier Français* ; cet article portait pour titre : *Colloque entre un receveur-général et un capitaliste.*

ne pouvait supporter, par l'impôt, que la charge ordinaire ; la matière imposable manquait.

Que fit le ministre ? — Sans s'inquiéter de combiner les principes de l'économie politique avec les principes de la science financière, il emprunta ! engageant, pour le début, le présent ; plus tard, l'avenir.

Un nouveau problème gouvernemental fut alors proposé : pour fermer le temple de la gloire, on jeta la noblesse et la bourgeoisie dans une mer d'or ; l'une et l'autre le pensèrent, du moins, et se laissèrent entraîner, comme à l'époque de Law ; mais cet océan fut encore tout de mirage ! — Pour le peuple, il continua à ne pas être compté ; heureusement pour lui, car cette mer était celle de la corruption !

La Bourse fut encombrée de rentes, c'est à dire de promesses ; car tout papier monnaie ou de bourse veut dire : que les travaux agricoles et industriels produiront de manière à rétablir l'équilibre entre les richesses réelles et le papier qui en est l'affirmation. Non-seulement cet engagement ne s'est pas réalisé, mais encore celui qui relève du devoir envers le Créateur, qui consiste à préparer les fruits pour faire face à la marche progressivement numérique de la population, ne l'a pas été davantage.

Outre l'inintelligence du système de Villèle, suivi par ses successeurs avec une foi si compromettante pour la sécurité publique et les intérêts matériels de la France, on ne songeait nullement à diriger les forces actives, bras et capitaux, vers l'agriculture et l'industrie, les seuls agens de la richesse au point de vue de la vie des peuples et de l'assiette de l'impôt.

Voilà dans quelles mains, avant juillet 1830, se trouvaient la richesse du pays et la morale publique! Sous Louis-Philippe, on suivit ce système avec plus d'ardeur; l'ornière est si commode pour les vieilles voitures; et puis la bourgeoisie n'était pas encore convaincue.

En 1830, la royauté de Juillet s'était engagée, vis-à-vis de l'Angleterre, à signer un traité de commerce (1); et, pour arriver au fait, il était indispensable de faire prêcher le libre-échange, afin d'éloigner les capitaux des industries mé-

(1) Voir notre ouvrage *Du Peuple depuis Moïse*, 2e vol., page 92.

tallurgique et manufacturière. Mais, en même temps, pour ne pas se fermer le cœur de la bourgeoisie, que l'on voulait opposer à l'ancienne noblesse, on lui jetait des masses de rentes et d'actions industrielles sur le parquet de la Bourse, dans la perfide intention de développer chez elle les mauvaises passions; celles qui font sacrifier ses frères, et même la patrie, à l'intérêt personnel.

Des compagnies d'accapareurs, armées d'un capital considérable enlevé à l'agriculture et à l'industrie, se formèrent. On organisa un système de hausse et de baisse sur les rentes et les actions; le prix de certaines s'éleva depuis 50 jusqu'à 400 p. 100 et plus de leur émission, bien que ces sortes d'entreprises ne présentassent que des pertes ou un intérêt de 1 à 3 p. 100 sur le capital absorbé (1). — Pour tromper les porteurs d'actions ou tenter le petit pécule des travailleurs on a vu des compagnies emprunter pour simuler des dividendes.

(1) Pour ne parler que des chemins de fer; voir dans notre ouvrage *Du Peuple depuis Moïse.* Le 2e Vol. chapitre VIII.

Le capital qui crée, ou met les instrumens en mouvement, était, comme on voit, employé à des travaux d'une moindre valeur; l'activité de l'homme et sa force étaient perdues; cependant, par sa consommation journalière, il absorbait les fruits de la communauté, sans rien produire pour faire face à la progression ascendante de la population. Par ce qui précède, on voit à l'instant même que le travail a pour objet : 1° la consommation de l'individu ; 2° son développement numérique ; 3° la mise en état des instrumens de la production et leur multiplication ; 4° enfin, l'impôt.— Louis-Philippe, tout au présent, sans s'inquiéter de l'avenir, consacra un milliard à élever des citadelles autour de Paris, sans doute pour se sauvegarder des conséquences de tant de fautes. Toutes ces dépenses, sans fruit usuel, n'empêchèrent pas, jusqu'en 1846, les valeurs de bourse de monter, préparant de longue main la ruine des travailleurs et de la petite bourgeoisie.— On conçoit l'élévation de la valeur du signe de la richesse, lorsqu'elle répond à un revenu ou à un produit correspondans; mais rien de logique ici : ces montagnes de papier ne représentant, en grande partie, que des opérations désastreuses ou des travaux improductifs qu'il fallait au contraire alimenter. Mais avec quoi ? Avec les ressources de l'agriculture et de l'industrie, qui, négligées, étaient restées stationnaires, et dès lors capables tout au plus de faire face aux charges que ses richesses représentaient avant le ministère Villèle. — Les rentes créées à cette époque et depuis, et 50 p. 100 sur le prix d'émission des actions industrielles, terme moyen, n'ont point leur valeur correspondante dans la richesse réelle du pays. C'est ce que nous avons établi à la fin de 1846 (1), et succinctement dans nos deux précédentes brochures (2). La Restauration, branche ainée et cadette des Bourbons, n'a fait à la France qu'une richesse de mirage, et la bourgeoisie, à moins d'être inepte, doit s'apercevoir à ses coffres vides ou remplis de papier sans valeur, que depuis trente-quatre ans, après mille fatigues, elle s'était endormie sur le bord d'un abîme dans lequel elle

(1) Voir notre ouvrage *Du Peuple depuis Moïse*, 2e vol. chap. V, VI, VII, VIII.

(2) *Au peuple*, et le *Coup de sabre*.

est enfin tombée. La faillite est là, partout; les coupables seuls lui échappent.

SITUATION QUE LES MONARCHIES ONT FAITE, EN FRANCE, A L'INDIVIDU.

La monarchie a laissé pour une population de 36 millions d'individus une charge annuelle de trois milliards (81 fr. 36 c. par tête), et une production, en fruits de consommation, qui ne s'élève pas au-delà de 6 milliards 615 millions de valeur (1), ou 183 fr. 75 c. par tête, 50 c. par jour. — Mais pour que tout individu puisse avoir 50 centimes, il est indispensable que personne ne touche au-delà de 183 fr. 75 c. —Voilà pour les travailleurs.

D'un autre côté, la population, celle qui vit du loyer (2), moyen en dehors du travail *actif* par

(1) Voir notre ouvrage *Du Peuple depuis Moïse*, pages 133, 136, 203 et 204, 2e vol.

(2) Voici dans quelle proportion se distribuaient en 1837, suivant les statistiques du temps, les diverses cotes de contribution foncière formant ensemble 10,893,508 articles. Si le fractionnement n'est pas un

lequel on se procure les choses usuelles, est représentée par un revenu annuel qui ne s'élève pas au-delà, l'intérêt du capital monnayé compris, de 1 milliard, 960 millions (3), ce qui donne, par tête d'une population de 10 millions d'individus, 196 fr. ou 54 c. par jour, toujours à cette condition, que personne ne touchera plus de 196 fr. Comme on voit, dans notre société actuelle, la position des rentiers, en masse, gens qui nécessairement ont dû développer leurs

indice parfaitement exact du nombre des propriétaires, il indique jusqu'à un certain point l'existence d'une masse assez nombreuse de petits propriétaires du sol :

5,205,411 cotes au-dessous de 5 fr.
1,751,994 de 5 à 10 fr.
1,514,251 de 10 à 29 fr.
739,206 de 20 à 30 fr.
684,155 de 30 à 50 fr.

9,895,017.

Ainsi, le nombre des cotes minimes forme les 8/10mes du chiffre total, et celles au-dessous de 5 fr. entrent dans ce chiffre pour moitié environ.

Ce tableau porte avec lui la preuve d'une misère générale.

(1) Quand donc M. Thiers soumettra-t-il ses calculs à de bonnes statistiques ?

besoins, n'est pas plus heureuse que celle des travailleurs.

Le système financier de la monarchie nous conduit fatalement à la misère, à la banqueroute, à la guerre civile et à la dépossession ; car, si la propriété, pour faire face aux folies du passé, continue à être le point de mire de l'impôt, le revenu ainsi absorbé ne permettra plus de réparer la métairie, ni d'en remettre la terre en état. La famille serait forcée de renoncer à son droit d'appropriation. — Nous avons également démontré qu'on ne devait attendre aucun secours de l'industrie.

Des insensés de s'écrier d'encourager le luxe ; nous en avons fait justice. D'autres d'en appeler de toutes ces solutions sociales à la guerre !

Pourquoi donc du sang ? Pourquoi donc des haines? Pourquoi armer le fils contre le père et le père contre le fils? Pourquoi détruire les cités, les métairies et la moitié du genre humain ? — L'aigle a coûté trop cher à la France pour qu'elle puisse nourrir l'aiglon. D'ailleurs, Strasbourg et Boulogne ont prouvé qu'il ne descendait pas en ligne directe de Jupiter, et que l'espace de l'Assemblée nationale suffisait à l'envergure de ses ailes.

Puisqu'il faut un jour faire une halte dans le sang pour enterrer les morts, pourquoi ne pas s'entendre aujourd'hui?

De la société actuelle, les deux extrémités de l'échelle sociale doivent disparaître. La nation se composera d'une seule classe de citoyens s'appuyant tous sur l'appropriation. 1° une bourgeoisie pour surveiller et entretenir l'instrument, prix du droit réalisé en immeubles (1); et 2° une bourgeoisie de travailleurs, qui, isolément ou par l'association, s'approprie les instrumens mécaniques et les fruits, ce qui, comme l'immeuble, constitue la famille libre.

Mais la mise en état de la terre, de la maison,

(1) Le propriétaire ne retire, en immeuble rural, que de 2 à 3 pour cent d'intérêt de son capital ; c'est donc un sacrifice de 2 à 3 pour cent qu'il subit chaque année dans un *intérêt général*, pour cette fonction de surveillant et d'administrateur. Cette perte tourne au profit de l'amélioration du fonds, et diminue dans une proportion exacte à l'intelligence du propriétaire. Est-ce dans le système de la communauté que l'on pourrait trouver de semblables avantages ?

de la métairie, des instrumens mécaniques ; le mouvement humain et l'échange entre les producteurs ont lieu au moyen d'un signe garanti, par l'état, *au titre de l'échange*. Qui le fournira ? On comprend qu'il ne peut se faire attendre au moment du besoin, sans compromettre l'activité des instrumens, le mouvement social et la vie de l'homme ; c'est cependant ce qui, de nos jours, arrive constamment, et ce que nous évitons par notre constitution sociale du crédit.

Aujourd'hui, la position sociale et financière peuvent être ramenées à un ordre normal sans grever l'avenir et sans faire un appel à l'impôt. Par la même combinaison, on peut, sans avoir recours aux contribuables, sans même disposer des immeubles de l'état (1), organiser le système de banques que nous avons formulé; on peut même richement le doter, et dans six ans, arriver ainsi à supprimer l'impôt.

Nous marchons dans la limite du possible. Mais le progrès possible, nous le voulons sérieu-

(1) On sait que dans notre constitution du crédit social, nous prenons les immeubles de l'État pour base. Par une nouvelle combinaison, cependant, nous pouvons nous en abstenir.

sement, et la sécurité de la société exige qu'on nous écoute. On sait avec quelle persistance nous avons constamment repoussé tout système qui avait pour effet de compromettre la liberté et la dignité de l'homme ; les mœurs et la proprtété, base de la famille. Nous avons particulièrerement combattu le système Louis Blanc, emprunté au plus dur des despotismes, à l'Égypte (1) ; système qui fut amené à l'état d'embryon sous Napoléon (2).

Nous avons entendu proposer la force comme moyen efficace pour rendre l'argent à la circulation, c'est une erreur grave et le principe financier est, à cet égard, d'accord avec l'expérience. Le principe financier veut : qu'on oppose la raison, les bonnes mesures, à la malignité énervante des partis, et à cet égard, les rêves ont un certain sens logique aussi sûr que l'expérience ; nous racontons : Un sac posé à terre

(1) Les terres remises à l'État, nous retournons à ces vastes exploitations qui exigeaient un chef ; baron, commandant militaire et haut justicier. — Qu'en pensent les communistes ?

(2) Voir notre ouvrage : *Du peuple depuis Moïse*, pages 200, 201 etc.

renfermait un trésor, le tout parfaitement fermé par un nœud surmonté d'un anneau. Autour de ce sac, pour le soulever, trois opiniâtres joûteurs : un hercule, une oie et une colombe. Comme d'habitude, le plus fort s'adjugea la priorité, et commença par saisir avec force l'anneau, qu'il rompit; le sac ne remua pas et l'hercule de dire : Satan l'a scellé au sol. L'oie allongea son long col et, comme une sotte, poussa sa tête dans le vide, écorchant sa peau calleuse aux tronçons de l'anneau : Satan à scellé le sac, dit-elle. Restait le faible oiseau; les deux champions, désappointés, de rire en le voyant s'approcher et regarder attentivemant une rosette placée au-dessous de l'anneau, dans laquelle, pour ne pas la fermer, elle passa doucement son col soyeux, puis, ouvrant ses petites ailes, enleva le terrible fardeau, au grand étonnement des deux envieux qui s'écrièrent : Eh ! ce n'est pas étonnant, notre taille de géant nous avait empêchés d'apercevoir la ficelle. — L'à-propos, la prudence, le coup d'œil, le savoir, surtout, la douceur sont de grandes qualités dans l'homme de finance. N'est-ce pas là, aussi l'un des grands secrets de la science politique ?

Louis XVIII a fait de la corruption et de la force, il est tombé ; Charles X a fait de la théocratie et de la force, il est tombé ; nous disions à Louis-Philippe, à la fin de 1846 : « .... malheu-
» reusement S. M. Louis-Philippe a renoncé à
» la résoudre (la question du travail *libre*) ; bien
» plus, riche de son éducation première, depuis
» 1830 il n'a pas ouvert un livre, un journal.
» Absorbé par sa politique extérieure, il ne con-
» naît plus la France. Un peuple soumis, une
» police politique dominant Paris et la plaine du
» haut d'une citadelle, voilà l'aire dans laquelle
» se tient le descendant de saint Louis pour écou-
» ter les griefs de ses sujets. (1)... Non, notre po-
» sition n'est pas normale. Avec l'épais et large
» manteau des abus, on a seulement voilé le
» cratère toujours fumant de nos révolutions ;
» mais la lave bouillonne, gronde et menace
» d'une prochaine éruption.... (2) » — Ce roi est tombé.

Pense-t-on que nous n'ayons pas alors prévu

(1) Voir notre ouvrage *Du Peuple depuis Moïse*, page 340, 1er vol.

(2) Même ouvrage, page 344.

le mouvement slave, dont les ministres de la République, non moins inhabiles que ceux de la monarchie, n'ont pas su profiter ? Nous faisions dire au czar (1) : « ,.. C'est alors que nos peuples » slaves, comme les flots que gonfle la tempête, » se soulèvent jusqu'aux portes de Vienne.... » Apprends donc que l'Allemagne se transforme, » m'obéit, grâce à son trop faible empereur et à » son ministre caduc. — Un empereur en bas » âge, un conseil de famille fanatique, une » aristocratie ignorante de ses devoirs ; des pay- » sans imbus, dans certaines provinces, des » doctrines les plus anti-sociales, une classe » moyenne peu éclairée, la pénurie du trésor et » la division de son territoire sont autant de » circonstances qui font planer de sinistres » présages sur la maison d'Autriche. L'Italie,

(2) *Du Peuple depuis Moïse.* Colloque entre le pape et le czar, page 129. — On remarquera dans ce colloque, et dans la seconde partie de ce 1er vol. que nous avions prévu ce grand mouvement qui s'opère aujourd'hui en Allemagne ; éruption formidable des peuples, qui des bouches du Danube et des bords de la Vistule s'étendra jusqu'aux portes de Milan, pour venir se régler, et se fondre sous les murs de Paris, dans le triple symbole de l'égalité, de la liberté et de la fraternité.

» tu le sais, méprise l'indolence de ses rois et
» frémit de colère sous le joug de l'Autriche
» qui l'opprime; la Pologne... »

L'esprit anti-national de la ville de Bordeaux a fixé depuis longtemps notre attention ; nous écrivions : « A Bordeaux, on invoqua les sou-
» venirs d'Eléonore, de la possession anglaise;
» et on ne pouvait passer sous silence la dé-
» marche de 1814. A cette époque de doulou-
» reuse mémoire, ne vit-on pas la tourbe mer-
» cantile étrangère, toujours nombreuse dans
» les grandes cités maritimes, (1) des couronnes
» et la coupe à la main, renouvelant ces scènes
» bachiques de l'ancienne Grèce, courir au-
» devant de l'armée anglaise en chantant *le*
» *God save the king?* » — « M. Henri Fonfrè-
» de, en sortant d'un énivrant banquet donné
» au docteur Bowring, écrivait dans le jour-
» nal de la préfecture : France, signe un
» traité de commerce avec l'Angleterre, ou
» nous nous séparons de toi » — Certes la composition, les habitudes de notre armée

(1) Ouvrage *Du Peuple depuis Moïse*, 1er vol., page 378, et la note, page 390.

d'Afrique ne nous avaient pas d'avantage échappé. Organisée par un parti qui, là surtout, acceptait le concours de la légitimité, vivant loin de la patrie et de la famille; campée au milieu d'un peuple méprisé et ennemi, qu'il fallait sans cesse combattre; il n'était pas difficile de comprendre le rôle que l'on chercherait à lui faire jouer dans nos discordes civiles. Ce danger, le gouvernement provisoire pouvait l'éviter en démocratisant l'armée par l'application immédiate du principe de l'élection jusqu'au grade de capitaine (inclusivement); — mais les chefs que s'était donnés le peuple s'endormirent dans les fumées du succès oratoire, lorsque la réaction veillait;—ils perdirent la république!—Au reste voici les paroles que nous faisions tenir au czar: « Que la France étudie bien l'esprit de son armée » d'Afrique; tous les partis comptent également » sur elle; aussi est-elle appelée, comme les lé» gions romaines, à produire des Galba, comme » des Othon et des Vitellius! (1) » Ainsi, tout ce qui se passe sous nos yeux avait été non-seule-

(3) Voir notre ouvrage, *Du Peuple depuis Moïse*, 1er vol., page 134.

ment pensé, mais écrit depuis longtemps par nous; nous avions également annoncé les modifications profondes que devait éprouver notre dogme (1).

Cependant, sous Louis-Philippe, ces pressentimens ènoncés avec l'énergie qui est propre à notre nature, ne nous ont point valu les honneurs des poursuites du parquet ; il n'en est pas de même sous la République (2) ; nos officiels pensent, sans doute, que le baromètre est un provocateur ; ils finiront « par le faire empoigner. » Pauvres gens ; comme les Bourbons, « le passé ne leur a rien appris ! » A d'autres !

La République, cette sage et courageuse fille de Dieu, a encore de terribles combats à soutenir, mais bientôt elle sortira radieuse et forte des derniers coups que l'esprit du mal, l'armée de Satan, comme dit l'Écriture, veut encore lui porter. Si, devant elle, doit encore passer

(1) Voir notre ouvrage *Du Peuple depuis Moïse*, page 1 à 39 ; cet ouvrage eut les honneurs de toutes les bibliothèques, et Vatout, de la liste civile, disait : « Il frappe fort, mais il instruit. »

(2) Notre brochure intitulée *Le Coup de sabre* vient d'être saisie ; il n'y a de précédent à cet acte de sévérité que les plus mauvais temps de la monarchie ; l'emprisonnement de Paul Louis Courier, sous Louis XVIII, et de Lamennais sous Louis-Philippe.

un simulacre d'empire (1) ou de légitimité (2); c'est que Dieu ne procède pas par la force; il tient à persuader. Il veut éclairer de nouveau les myopes et donner de l'énergie aux faibles, afin que les myopes et les faibles servent un jour de marche-pied à la République, pour monter et se fixer au Capitole.

Et alors, « le frère ne livrera plus son frère à la mort, et le père son fils, et les enfans ne s'é-

(1) Le citoyen Louis Bonaparte a prêté serment à la République, cela est vrai; mais son oncle n'en avait-il pas fait autant! N'avait-il pas été de la Montagne?

(2) En province, les monarchistes, par un mensonge, ont eu un succès éclatant aux élections, soit de l'Assemblée nationale, soit des conseils généraux, soit des conseils d'arrondissement. Voici les faits : ils ont tout simplement confondu le socialisme avec le communisme, ce qui leur a permis de poser ainsi la question électorale : Choisissez entre nous, l'ancien régime, droit d'appropriation, et le communisme qui en est la négation, ce qui comprend, amis, la négation de la famille. Nous en passerons par ce que vous aurez décidé ; même à remettre nos biens entre les mains de l'Etat. » Et ces bonnes gens de tourner un double tour sur leur coffre-fort et de voter pour ceux qu'ils repoussaient la veille, ces bons amis leurs ennemis.— Et n'est-il pas à craindre que le paysan, un jour plus avisé, tenant moins à ces bribes, ne réclame la parole de son propriétaire? — Pauvres fous! Et alors vous aurez besoin du secours de la cité et des socialistes contre le paysan communiste.

lèveront plus contre leurs parens pour les mettre à mort (1). » On ne pourra plus dire au travailleur : la faim dévore tes fils et tes filles ; on les a vues, pour vivre, ramasser dans la boue le pain de la prostitution (2). »

Par la publication de divers livres et brochures (3), nous avons ouvert la nouvelle voie dans laquelle l'humanité doit hardiment entrer. — Que la France observe ! — Elle ne peut désormais faire un pas rétrograde qu'en versant des flots de sang, sans utilité pour les hommes du passé ; car bientôt l'armée de Dieu sortant de l'égoût dans lequel elle aurait été momentanément replongée, planterait son drapeau sur d'immenses débris.

Hommes du lendemain, sans cesser d'être nos frères, pourquoi du sang ? — Dans notre société démocratique sociale, l'homme ne devient-i pas une noble créature de Dieu ? — La propriété, la famille ne sont-elle pas respectées ; n'en

(1) Evangile selon saint Mathieu, chap. X.

(2) Amschaspands.

(3) Constitution du Crédit social, par Lamennais et Aug. Barbet ; et *De la Société première et de ses lois, ou de la Religion* par Lamennais.

élargissons-nous pas les bases ? — La femme, la plus belle, la plus gracieuse moitié de nous-mêmes; la femme que Dieu a formée de nous pour en obtenir un être plus parfait que nous, ne devient-elle pas la lumière permanente du foyer domestique et sa sanction morale (1) ? — La femme ayant droit au crédit (2), sa présence dans la maison de l'homme, au milieu de la famille, ne sera plus un *accident* par lequel la charge domestique s'accroît; au contraire, elle devient un élément de succès dans la faculté d'entreprendre. — Pourquoi courbais-tu la tête, femme ? — à toi de regarder le ciel, car au dogme des Juifs, Lamennais a substitué le dogme, la loi sociale du chrétien qui prend l'homme à son réveil l'explique et le conduit jusqu'au moment où il s'endort dans le sein de Dieu (3). Désormais, la chute de l'homme est un non-sens (4); et la femme réhabilitée marche fièrement à la rencontre du serpent; elle le combat, sans l'écouter.

(1) Voir la *constitution du crédit social* : Art. 3.
(2) Voir la *constitution du crédit social* : Art. 29.

(3) De la Société première ou de ses lois, ou de la Religion.

(4) On a dû observer que Jésus-Christ n'a jamais parlé de la chute de l'homme.

A la femme, la maison, la famille ; à la femme, la vie intérieure, le droit de prononcer dans les arts, dans les sciences morales, et de poser la limite du devoir (1). A l'homme la vie extérieure, le travail ; à l'homme la philosophie, les sciences exactes, la politique et les combats !

Du sang, s'écrie Satan ! — Mais Dieu répond : le droit ainsi réglé, pourquoi du sang ?

AUGUSTE BARBET.

(1) Les Russes occupaient la Moldavie et la Valachie ; alors la consternation était dans tous les cœurs. Ces étrangers cherchaient la popularité en ouvrant leurs salons, dans lesquels les hommes seuls parurent ; mais à leur retour ils trouvèrent les portes closes, et sur le seuil, leurs armes brisées. — Que n'en pouvons-nous dire autant des Françaises de 1814 ! oh honte éternelle !

Paris. — Imprimerie de E. Brière, rue Ste-Anne, 55.

Paris. — Imprimerie de E. Brière, rue Ste-Anne, 55.

www.ingramcontent.com/pod-product-compliance
Ingram Content Group UK Ltd.
Pitfield, Milton Keynes, MK11 3LW, UK
UKHW012114240726
13965UKWH00004B/1765